Reihe KurzProsa
Band 3

Heilige Nächte

Bibliographische Information der Deutschen Bibliothek:
Die Deutsche Bibliothek verzeichnet diese Publikation in der Deutschen Nationalbibliografie; detaillierte bibliografische Daten sind im Internet über http://dnb.ddb.de abrufbar.

Impressum:
Verfasser und Herausgeber: Cornelia S. Gliem
Herstellung und Verlag: Books on Demand GmbH, Norderstedt
Printed in Germany 2010
Bilder selbst erstellt oder gemeinfrei
Redaktion, Satz, Gestaltung:
© Cornelia S. Gliem

ISBN 978-3-842326927
6,11 €

www.cornelia-stella-gliem.de
http://cornelia-stella-gliem.jimdo.de

Cornelia S. Gliem (Hg.)

Heilige Nächte

Die Weihnachtsgeschichte in
Islam und Christentum.
(aus Bibel und Koran,
in Deutsch und Arabisch)

"Der Glaube des Jesus von Nazareth eint uns, der Glaube an Jesus von Nazareth trennt uns."

Inhalt

Vorwort

„Die Weihnachtsgeschichte in Islam und Christentum" – diese Zusammenstellung klingt wahrscheinlich überraschend, vielleicht – angesichts der aktuellen Islam- und Integrationsdebatte – sogar provozierend.

Daher erscheint es mehr denn je wichtig, bei allen bedeutsamen Unterschieden auch die Gemeinsamkeiten der großen Buchreligionen Christentum und Islam heraus zu greifen.[1]

Die berühmte Weihnachtsgeschichte – vermutlich einer der weltweit bekanntesten Geschichten überhaupt – bietet da einen interessanten Ansatzpunkt.[2]

Und tatsächlich gibt es wie im Neuen Testament (im *Matthäus-* und *Lukas-*Evangelium) auch im Koran zwei Texte zur Geburt Jesu: Sure 3 – *Al-'Imran* – und Sure 19 – *Maryam* –.

---

[1] Das Judentum - Basis und Wurzel von Christentum und Islam - hat keine eigene, in der Bibel dargelegte Geburtsgeschichte Jesu. (Zu außerbiblischen Legenden siehe u.a. www.hagalil.com), auch auf http://cornelia-stella-gliem.jimdo.com. Zur sog. *Panthera*-Legende s. Wikipedia., Artikel: Panthera.

[2] Wer sich näher hierfür interessiert, dem sei auch das Buch von Karl-Josef Kuschel: *Weihnachten und der Koran* von 2008 empfohlen.

Das sind viele „Heilige Texte", die doch die gleiche, die eine Heilige Nacht berichten wollen.

Aber Jesus und der Islam?
Für viele christlich-geprägte Europäer stellt das einen entscheidenden Gegensatz dar, und auch vielen Moslems erscheint Jesus häufig eher als Symbolfigur der trennenden Unterschiede.[3]

Bibel und Koran gehören der *ganzen* Menschheit - und daher sollten wir europäischen, mehr oder weniger jüdisch-christlich geprägten Menschen *natürlich* den Koran kennen, und die mehr oder weniger islamisch-arabischen/-türkischen Mitbürger auch die Bibel.

---

[3] Hier soll nun nicht einer verallgemeinernden Pseudo-Harmonie aller Religionen das Wort geredet werden. Jahrtausendealte Differenzen hatten und haben ihre Gründe. Das Christentum versteht Mohammed eben nicht als Propheten und der Islam bezweifelt u.a. vehement Kreuzigungstod und Jesus als Gottessohn. Überraschenderweise beschreibt der Koran die *Jungfrauengeburt Jesu*, die *Geistzeugung* durch Gott sowie auch die *unbefleckte Empfängnis* ausdrücklich. Die gleiche Koranstelle, die die Kreuzigung ablehnt, betont aber die „*Himmelfahrt*" Jesu (4, 158). Interessanterweise schreibt der Islam Jesus auch die Aufgabe zu, am Jüngsten Tag als Messias wieder zu kehren. (Mehr auf cornelia-stella-gliem.jimdo.com).

Die Geburtsgeschichte von Jesus / Isa Ben Maryam gehört zum Bildungskanon jedes modernen Menschen dazu – mit allen Quellen.

Diese *Heiligen Texte* können also gläubigen Moslems wie den Christen unbekannte Verbindungen zur Schwester-Religion bewusster machen und darüber hinaus interessierten Lesern einen neuen Blick auf zwei der großen kulturellen Leistungen der Menschheit bieten: *Koran und Bibel* - beispielhaft verbunden durch die Weihnachtsgeschichte...

Wer die Inhaltsangabe bzw. denn Text dieses Buches bereits überflogen hat, wird sich eventuell fragen - oder sich von seinen Kindern fragen lassen müssen - : wo ist der *Weihnachtsmann*? Wo sind die Heiligen Drei Könige *Caspar, Melchior und Balthasar,* der Stall, Esel, Kamel und Kühe?

Nun, der Weihnachtsmann, auch der *Nikolaus* oder die Heilige Lichterkönigin *Lucia* und *Väterchen Frost* gehören zur außerbiblischen christlichen Tradition, so schön und besinnlich sie auch sein mögen.[4]

---

[4] Die drei Könige sind im Matthäus-Evangelium noch *Sterndeuter* bzw. *Magier* oder *Weisen aus dem Morgenland* – die Dreizahl kommt erst im 2. Jahrhundert n. Chr. auf (mit Bezug auf die drei Geschenke Myrrhe, Gold, Weihrauch) und zu Königen

Zum besseren Verständnis der vorliegenden Texte

Zunächst wird mit der Weihnachtsgeschichte, so wie sie der Evangelist *Matthäus* erzählt, begonnen, gefolgt von der Sure *Al-'Iimran*. Nach der berühmten Weihnachtsgeschichte bei *Lukas* folgt abschließend die ausführlichere Sure *Maryam*.

Die Evangelien des Neuen Testaments sind dabei im weitesten Sinne *literarisch* formuliert, die Geburt Jesus wird *erzählt* und ist dabei in Kapitel und Verse eingeteilt.

Die 114 Suren des Korans beginnen fast alle mit der sog. Basmala – *Im Namen Allahs, des Allerbarmers, des Barmherzigen* – und vor dem eigentlichen Versen (den *Ayat*, arabisch für Zeichen, Beweis) stehen häufig „geheimnisvolle Buchstaben", deren Bedeutung unbekannt ist.

Wieso werden die Texte zusätzlich zur deutschen Sprache auch auf Arabisch präsentiert und nicht etwa auf Türkisch?

Für gläubige Moslems sollte der Koran eigentlich wenn möglich immer auf Arabisch gelesen werden (quasi als Gebet) –

---

werden die persischen Besucher erst mit Bezug auf Psalm 72,10 und Jesaja Vers 60. Die uns in Europa bekannten Namen kommen erst im 6. Jahrhundert auf, anderswo heißen sie etwa *Larvandad, Hormisdas* und *Gushnasaph*, oder *Kagba* und *Badadilma* etc..

und auch Lesern, die nicht des Arabischen mächtig sind, können so wenigstens optisch die Schönheit der arabischen Sprache kennenlernen.[5]

Bevor Sie sich nun den *Heiligen Nächten* widmen, abschließend noch dies zur Einstimmung:

> "Wir glauben an das, was zu *uns* herabgesandt und zu *euch* herab gesandt wurde.
> Unser Gott und Euer Gott ist einer."
> (*Sure29, Vers46*)

Lassen Sie uns also friedlich und gemeinsam der Geburtsnacht Jesu gedenken.[6]

---

[5] Wer die arabischen Texte in lateinischer Lautschrift (Transliteration) lesen möchte, siehe hier www.eslam.de und hier cornelia-stella-gliem.jimdo.com. Warum werden hier dann nicht auch die Evangelien in Griechisch, Latein oder gar Aramäisch gezeigt? Weil es hier um *das Christentum im deutschen Kulturkreis* und den *Islam im deutschen Kulturkreis* geht. Wer sich für die Originaltexte der Bibel interessiert, siehe hier: www.bibelseiten.de.

[6] *Dürfen Moslems gemeinsam mit Christen Weihnachten feiern?* Wenn das Mitfeiern ein *Mitmachen* der Rituale und eine Zustimmung zum Glaubensgrundsatz „Jesus ist Gottes Sohn" bedeutete, ist es für Moslems „haram" (unrein). Wenn allerdings der *Geburtstag* des vom Islam anerkannten Propheten und Messias Jesu - Allahs Frieden auf ihm - gefeiert wird, ist dies ein Akt der Höflichkeit und ist gestattet (s. u.a. Sure 60,8). Die Teilnahme der islamischen Welt an Weihnachten wird aber u.a. daran deutlich, dass Heiligabend in arabischen Ländern aus Kirchen

der Gottesdienst übers Fernsehen übertragen wird (etwa aus der Geburtskirche in Bethlehem) und hohe islamische Würdenträger in Libanon und Ägypten in den letzten Jahren christliche Gottesdienste besuchten und ihren christlichen Mitbürgern gratulierten.

Das Höflichkeits- und Friedensgebot sollten allerdings auch Christen sich zu Eigen machen und Moslems zu *ihren* Festen gratulieren – etwa zum *Ashura*-Fest (Fasten-/ Rettungstag Moses →am 16.12.2010); dem *Geburtstage Mohammeds* - Friede und Heil auf ihm (→am 14./15.02.2011) oder dem *Fastenbrechen* im Ramadan (Zuckerfest →am 30.06.2011).

Heilige Nächte ....

aus der
Heiligen Schrift
nach Matthäus ....

Matthäus-Evangelium[7]

Kapitel 1

(Matthäus beginnt mit dem Stammbaum Jesu und führt diesen auf Abraham und David zurück)

Die Geburt Jesu[8]

Mit der Geburt Jesu Christi war es so: Maria, seine Mutter, war mit Josef verlobt; noch bevor sie zusammengekommen waren, zeigte sich, dass sie ein Kind erwartete - durch das Wirken des Heiligen Geistes.
Josef, ihr Mann, der gerecht war und sie nicht bloßstellen wollte, beschloss, sich in aller Stille von ihr zu trennen.

Während er noch darüber nachdachte, erschien ihm ein Engel des Herrn im Traum und sagte:

> Josef, Sohn Davids, fürchte dich nicht, Maria als deine Frau zu dir zu nehmen; denn das Kind, das sie erwartet, ist vom Heiligen Geist.

---

[7] Nach der sog. Einheitsübersetzung. Die Einheitsübersetzung (als einheitliche Übersetzung der deutschsprachigen katholischen Diözesen, seit 1967 mit evangelischer Beteiligung erarbeitet) dient beim Neuen Testament und den Psalmen der ökumenische Text. Quelle: die-bibel.de.
[8] Matthäus, Kapitel I, Vers 18-25

Sie wird einen Sohn gebären; ihm sollst du den Namen Jesus geben; denn er wird sein Volk von seinen Sünden erlösen.

Dies alles ist geschehen, damit sich erfüllte, was der Herr durch den Propheten gesagt hat: *Seht, die Jungfrau wird ein Kind empfangen, / einen Sohn wird sie gebären, / und man wird ihm den Namen Immanuel geben, / das heißt übersetzt: Gott ist mit uns.*

Als Josef erwachte, tat er, was der Engel des Herrn ihm befohlen hatte, und nahm seine Frau zu sich.

Er erkannte sie aber nicht[9], bis sie ihren Sohn gebar. Und er gab ihm den Namen Jesus.

---

[9] Eine der berühmten biblischen Umschreibungen für den Liebesakt.

Kapitel II

Die Huldigung der Sterndeuter[10]

Als Jesus zur Zeit des Königs Herodes in Bethlehem in Judäa geboren worden war, kamen Sterndeuter aus dem Osten[11] nach Jerusalem und fragten:

> Wo ist der neugeborene König der Juden? Wir haben seinen Stern aufgehen sehen und sind gekommen, um ihm zu huldigen.

Als König Herodes das hörte, erschrak er und mit ihm ganz Jerusalem.
Er ließ alle Hohenpriester und Schriftgelehrten des Volkes zusammenkommen und erkundigte sich bei ihnen, wo der Messias geboren werden solle. Sie antworteten ihm:

> In Bethlehem in Judäa; denn so steht es bei dem Propheten:
> *Du, Bethlehem im Gebiet von Juda, bist keineswegs die unbedeutendste unter den führenden Städten von Juda; denn aus dir wird ein Fürst hervorgehen, der Hirt meines Volkes Israel.*

---

[10] Matthäus, Kapitel II, Vers 1-12
[11] In der außerbiblischen Tradition als die *Drei Heiligen Könige* bekannt, in anderen Übersetzungen auch als die *Magier aus dem Osten* oder die *drei Weisen* bezeichnet.

Danach rief Herodes die Sterndeuter heimlich zu sich und ließ sich von ihnen genau sagen, wann der Stern erschienen war. Dann schickte er sie nach Bethlehem und sagte:

> Geht und forscht sorgfältig nach, wo das Kind ist; und wenn ihr es gefunden habt, berichtet mir, damit auch ich hingehe und ihm huldige.

Nach diesen Worten des Königs machten sie sich auf den Weg. Und der Stern, den sie hatten aufgehen sehen, zog vor ihnen her bis zu dem Ort, wo das Kind war; dort blieb er stehen.

Als sie den Stern sahen, wurden sie von sehr großer Freude erfüllt.

Sie gingen in das Haus und sahen das Kind und Maria, seine Mutter; da fielen sie nieder und huldigten ihm. Dann holten sie ihre Schätze hervor und brachten ihm Gold, Weihrauch und Myrrhe als Gaben dar.

Weil ihnen aber im Traum geboten wurde, nicht zu Herodes zurückzukehren, zogen sie auf einem anderen Weg heim in ihr Land.

Die Flucht nach Ägypten[12]

Als die Sterndeuter wieder gegangen waren, erschien dem Josef im Traum ein Engel des Herrn und sagte:

> Steh auf, nimm das Kind und seine Mutter, und flieh nach Ägypten; dort bleibe, bis ich dir etwas anderes auftrage; denn Herodes wird das Kind suchen, um es zu töten.

Da stand Josef in der Nacht auf und floh mit dem Kind und dessen Mutter nach Ägypten. Dort blieb er bis zum Tod des Herodes. Denn es sollte sich erfüllen, was der Herr durch den Propheten gesagt hat: *Aus Ägypten habe ich meinen Sohn gerufen.*

---

[12] Matthäus, Kapitel II, Vers 13-15

Der Kindermord in Bethlehem[13]

Als Herodes merkte, dass ihn die Sterndeuter getäuscht hatten, wurde er sehr zornig und er ließ in Bethlehem und der ganzen Umgebung alle Knaben bis zum Alter von zwei Jahren töten, genau der Zeit entsprechend, die er von den Sterndeutern erfahren hatte.

Damals erfüllte sich, was durch den Propheten Jeremia gesagt worden ist:

Ein Geschrei war in Rama zu hören, lautes Weinen und Klagen: Rahel weinte um ihre Kinder und wollte sich nicht trösten lassen, denn sie waren dahin.

---

[13] Matthäus, Vers 16-18

Die Rückkehr aus Ägypten[14]

Als Herodes gestorben war, erschien dem Josef in Ägypten ein Engel des Herrn im Traum und sagte:

> Steh auf, nimm das Kind und seine Mutter und zieh in das Land Israel; denn die Leute, die dem Kind nach dem Leben getrachtet haben, sind tot.

Da stand er auf und zog mit dem Kind und dessen Mutter in das Land Israel.

Als er aber hörte, dass in Judäa Archelaus an Stelle seines Vaters Herodes regierte, fürchtete er sich, dorthin zu gehen. Und weil er im Traum einen Befehl erhalten hatte, zog er in das Gebiet von Galiläa und ließ sich in einer Stadt namens Nazareth nieder.

Denn es sollte sich erfüllen, was durch die Propheten gesagt worden ist:

Er wird Nazoräer genannt werden.

---

[14] Matthäus, Kapitel II, Vers 19-23

إِنْجِيلُ الْمَسِيحِ حسَبَ الْبَشِيرِ مَتَّى

....

ميلاد يسوع المسيح

١٨ أَمَّا وِلَادَةُ يَسُوعَ ٱلْمَسِيحِ فَكَانَتْ هَكَذَا: لَمَّا كَانَتْ مَرْيَمُ أُمُّهُ مَخْطُوبَةً لِيُوسُفَ قَبْلَ أَنْ يَجْتَمِعَا وُجِدَتْ حُبْلَى مِنَ ٱلرُّوحِ ٱلْقُدُسِ. ١٩ فَيُوسُفُ رَجُلُهَا إِذْ كَانَ بَارًّا وَلَمْ يَشَأْ أَنْ يُشْهِرَهَا أَرَادَ تَخْلِيَتَهَا سِرًّا. ٢٠ وَلَكِنْ فِيمَا هُوَ مُتَفَكِّرٌ فِي هذِهِ ٱلْأُمُورِ إِذَا مَلَاكُ ٱلرَّبِّ قَدْ ظَهَرَ لَهُ فِي حُلْمٍ قَائِلًا: «يَا يُوسُفُ ٱبْنَ دَاوُدَ لَا تَخَفْ أَنْ تَأْخُذَ مَرْيَمَ ٱمْرَأَتَكَ لِأَنَّ ٱلَّذِي حُبِلَ بِهِ فِيهَا هُوَ مِنَ ٱلرُّوحِ ٱلْقُدُسِ. ٢١ فَسَتَلِدُ ٱبْنًا وَتَدْعُو ٱسْمَهُ يَسُوعَ لِأَنَّهُ يُخَلِّصُ شَعْبَهُ مِنْ خَطَايَاهُمْ». ٢٢ وَهذَا كُلُّهُ كَانَ لِكَيْ يَتِمَّ مَا قِيلَ مِنَ ٱلرَّبِّ بِالنَّبِيِّ ٱلْقَائِلِ: ٢٣ «هُوَذَا ٱلْعَذْرَاءُ تَحْبَلُ وَتَلِدُ ٱبْنًا وَيَدْعُونَ ٱسْمَهُ عِمَّانُوئِيلَ» (ٱلَّذِي تَفْسِيرُهُ: ٱللهُ مَعَنَا).

٢٤ فَلَمَّا ٱسْتَيْقَظَ يُوسُفُ مِنَ ٱلنَّوْمِ فَعَلَ كَمَا أَمَرَهُ مَلَاكُ ٱلرَّبِّ وَأَخَذَ ٱمْرَأَتَهُ. ٢٥ وَلَمْ يَعْرِفْهَا حَتَّى وَلَدَتِ ٱبْنَهَا ٱلْبِكْرَ. وَدَعَا ٱسْمَهُ يَسُوعَ.

٢ ١وَلَمَّا وُلِدَ يَسُوعُ فِي بَيْتِ لَحْمِ اَلْيَهُودِيَّةِ فِي أَيَّامِ هِيرُودُسَ اَلْمَلِكِ إِذَا مَجُوسٌ مِنَ اَلْمَشْرِقِ قَدْ جَاءُوا إِلَى أُورُشَلِيمَ ٢قَائِلِينَ: «أَيْنَ هُوَ اَلْمَوْلُودُ مَلِكُ اَلْيَهُودِ؟ فَإِنَّنَا رَأَيْنَا نَجْمَهُ فِي اَلْمَشْرِقِ وَأَتَيْنَا لِنَسْجُدَ لَهُ». ٣فَلَمَّا سَمِعَ هِيرُودُسُ اَلْمَلِكُ اضْطَرَبَ وَجَمِيعُ أُورُشَلِيمَ مَعَهُ. ٤فَجَمَعَ كُلَّ رُؤَسَاءِ اَلْكَهَنَةِ وَكَتَبَةِ اَلشَّعْبِ وَسَأَلَهُمْ: «أَيْنَ يُولَدُ اَلْمَسِيحُ؟» ٥فَقَالُوا لَهُ: «فِي بَيْتِ لَحْمِ اَلْيَهُودِيَّةِ لِأَنَّهُ هَكَذَا مَكْتُوبٌ بِالنَّبِيِّ: ٦وَأَنْتِ يَا بَيْتَ لَحْمٍ أَرْضَ يَهُوذَا لَسْتِ اَلصُّغْرَى بَيْنَ رُؤَسَاءِ يَهُوذَا لِأَنْ مِنْكِ يَخْرُجُ مُدَبِّرٌ يَرْعَى شَعْبِي إِسْرَائِيلَ».

٧ حِينَئِذٍ دَعَا هِيرُودُسُ ٱلْمَجُوسَ سِرًّا وَتَحَقَّقَ مِنْهُمْ زَمَانَ ٱلنَّجْمِ ٱلَّذِي ظَهَرَ. ٨ ثُمَّ أَرْسَلَهُمْ إِلَى بَيْتِ لَحْمٍ وَقَالَ: «اذْهَبُوا وَافْحَصُوا بِالتَّدْقِيقِ عَنِ ٱلصَّبِيِّ وَمَتَى وَجَدْتُمُوهُ فَأَخْبِرُونِي لِكَيْ آتِيَ أَنَا أَيْضاً وَأَسْجُدَ لَهُ». ٩ فَلَمَّا سَمِعُوا مِنَ ٱلْمَلِكِ ذَهَبُوا. وَإِذَا ٱلنَّجْمُ ٱلَّذِي رَأَوْهُ فِي ٱلْمَشْرِقِ يَتَقَدَّمُهُمْ حَتَّى جَاءَ وَوَقَفَ فَوْقُ حَيْثُ كَانَ ٱلصَّبِيُّ. ١٠ فَلَمَّا رَأَوُا ٱلنَّجْمَ فَرِحُوا فَرَحاً ١١ وَأَتَوْا إِلَى ٱلْبَيْتِ وَرَأَوْا عَظِيماً جِدّاً

ٱلصَّبِيَّ مَعَ مَرْيَمَ أُمِّهِ فَخَرُّوا وَسَجَدُوا لَهُ ثُمَّ فَتَحُوا كُنُوزَهُمْ وَقَدَّمُوا لَهُ هَدَايَا: ذَهَباً وَلُبَاناً وَمُرّاً. ١٢ ثُمَّ إِذْ أُوحِيَ إِلَيْهِمْ فِي حُلْمٍ أَنْ لَا يَرْجِعُوا إِلَى هِيرُودُسَ ٱنْصَرَفُوا فِي طَرِيقٍ أُخْرَى إِلَى كُورَتِهِمْ.

الهرب إلى مصر

١٣ وَبَعْدَمَا أَنْصَرَفُوا إِذَا مَلَاكُ اَلرَّبِّ قَدْ ظَهَرَ لِيُوسُفَ فِي حُلْمٍ قَائِلاً: «قُمْ وَخُذِ اَلصَّبِيَّ وَأُمَّهُ وَاهْرُبْ إِلَى مِصْرَ وَكُنْ هُنَاكَ حَتَّى أَقُولَ لَكَ. لِأَنَّ هِيرُودُسَ مُزْمِعٌ أَنْ يَطْلُبَ اَلصَّبِيَّ لِيُهْلِكَهُ». ١٤ فَقَامَ وَأَخَذَ اَلصَّبِيَّ وَأُمَّهُ لَيْلاً وَانْصَرَفَ إِلَى مِصْرَ ١٥ وَكَانَ هُنَاكَ إِلَى وَفَاةِ هِيرُودُسَ لِكَيْ يَتِمَّ مَا قِيلَ مِنَ اَلرَّبِّ بِالنَّبِيِّ القَائِل: «مِنْ مِصْرَ دَعَوْتُ اَبْنِي».

١٦ حِينَئِذٍ لَمَّا رَأَى هِيرُودُسُ أَنَّ الْمَجُوسَ سَخِرُوا بِهِ غَضِبَ جِدّاً فَأَرْسَلَ وَقَتَلَ جَمِيعَ الصِّبْيَانِ الَّذِينَ فِي بَيْتِ لَحْمٍ وَفِي كُلِّ تُخُومِهَا مِنِ ابْنِ سَنَتَيْنِ فَمَا دُونُ بِحَسَبِ الزَّمَانِ الَّذِي تَحَقَّقَهُ مِنَ الْمَجُوسِ. ١٧ حِينَئِذٍ تَمَّ مَا قِيلَ بِإِرْمِيَا النَّبِيِّ الْقَائِلِ: ١٨ «صَوْتٌ سُمِعَ فِي الرَّامَةِ نَوْحٌ وَبُكَاءٌ وَعَوِيلٌ كَثِيرٌ. رَاحِيلُ تَبْكِي عَلَى أَوْلَادِهَا وَلَا تُرِيدُ أَنْ تَتَعَزَّى لِأَنَّهُمْ لَيْسُوا بِمَوْجُودِينَ».

العودة من مصر إلى الناصرة

١٩ فَلَمَّا مَاتَ هِيرُودُسُ إِذَا مَلَاكُ ٱلرَّبِّ قَدْ ظَهَرَ فِي حُلْمٍ لِيُوسُفَ فِي مِصْرَ ٢٠ قَائِلاً: «قُمْ وَخُذِ ٱلصَّبِيَّ وَأُمَّهُ وَاذْهَبْ

إِلَى أَرْضِ إِسْرَائِيلَ لِأَنَّهُ قَدْ مَاتَ ٱلَّذِينَ

كَانُوا يَطْلُبُونَ نَفْسَ ٱلصَّبِيِّ». ٢١ فَقَامَ وَأَخَذَ ٱلصَّبِيَّ وَأُمَّهُ وَجَاءَ إِلَى أَرْضِ إِسْرَائِيلَ. ٢٢ وَلَكِنْ لَمَّا سَمِعَ أَنَّ أَرْخِيلَاوُسَ يَمْلِكُ عَلَى ٱلْيَهُودِيَّةِ عِوَضاً عَنْ هِيرُودُسَ أَبِيهِ خَافَ أَنْ يَذْهَبَ إِلَى هُنَاكَ. وَإِذْ أُوحِيَ إِلَيْهِ فِي حُلْمٍ ٱنْصَرَفَ إِلَى نَوَاحِي ٱلْجَلِيلِ. ٢٣ وَأَتَى وَسَكَنَ فِي مَدِينَةٍ يُقَالُ لَهَا نَاصِرَةُ لِكَيْ يَتِمَّ مَا قِيلَ بِالْأَنْبِيَاءِ: «إِنَّهُ سَيُدْعَى نَاصِرِيّاً».

nach dem
edlen Koran ....

Sure 3 Al-'Iimran / Die Sippe Imrans[16]

Im Namen Allahs, des Allerbarmers, des Barmherzigen!

(Die Sure erzählt von den auserwählten Vorfahren Marias, den Wundern in ihrer Kindheit sowie der Geburt von Johannes dem Täufer)[17]

Die Engel sagten:

„O Maria, Allah hat dich auserwählt und dich rein gemacht und dich auserwählt vor den Frauen der (anderen) Weltenbewohner!

(...)

Die Engel sagten:

„O Maria, Allah verkündet dir ein Wort von Ihm, dessen Name der Messias, Jesus, der Sohn Marias ist, angesehen im Diesseits und Jenseits und einer der Allah Nahegestellten.

Und er wird in der Wiege zu den Menschen sprechen und im Mannesalter und einer der Rechtschaffenen sein."

---

[16] Sure 3: Al-'Iimran, Vers 42, 45-50.

[17] Im Koran (auch: Qur'an) steht ‚Ibrahim' für Abraham, ‚Imran' ist der Vater Maryams (laut Koran), ‚Maryam' steht für Maria, ‚Yahaya' für Johannes, ‚Zakariyya' für Zacharias und ‚Isa Ben Maryam' für Jesus sowie ‚al Masih' für Messias. Darüber hinaus steht ‚Allah' im arabischen für *Gott* – und wird selbstverständlich von arabisch sprachigen Christen und Juden für dein einen, einzigen Gott verwendet. Ich verwende hier – der eingängigeren Vergleichbarkeit wegen und - anders als die hier verwendete Übersetzung - die europäischen Namensversionen.

Sie sagte: „Mein Herr, wie sollte ich ein Kind haben, wo mich doch kein menschliches Wesen berührt hat?"

Der Engel[18] sagte: „So wird es sein; Allah erschafft, was Er will. Wenn Er eine Angelegenheit bestimmt, so sagt Er zu ihr nur *Sei!* und so ist sie.
Und Er wird ihn die Schrift, die Weisheit, die Thora und das Evangelium lehren.
Und Er wird ihn schicken als einen Gesandten zu den Kindern Israels, zu denen er sagen wird:
‚Gewiss, ich bin ja mit einem Zeichen von eurem Herrn zu euch gekommen: daß ich euch aus Lehm etwas schaffe, was so aussieht wie die Gestalt eines Vogels, und dann werde ich ihm einhauchen, und da wird es ein wirklicher Vogel sein.[19]
Ich werde mit Allahs Erlaubnis den Blindgeborenen und den Weißgefleckten heilen und werde Tote mit Allahs Erlaubnis wieder lebendig machen. Und ich werde euch kundtun, was ihr esst und was ihr in euren Häusern aufspeichert. Darin ist ein Zeichen für euch.'

[18] Mit dem Erzengel Gabriel gleichgesetzt.
[19] Anspielungen auf die Wunder Jesu. Zum Tonfigur-Vogelwunder siehe das sog. Thomas-Evangelium, ein apokryphes Evangelium (=nicht zur offiziellen Bibel gehörendes).

سُورَةُ آلِ عِمرَان

بِسمِ ٱللّٰهِ ٱلرّٰحمٰـنِ ٱلرّٰحِيمِ

وَإِذْ قَالَتِ ٱلْمَلَـٰٓئِكَةُ يَـٰمَرْيَمُ إِنَّ ٱللّٰهَ ٱصْطَفَىٰكِ وَطَهَّرَكِ وَٱصْطَفَىٰكِ عَلَىٰ نِسَآءِ ٱلْعَـٰلَمِينَ (٤٢)

(...)

إِذْ قَالَتِ ٱلْمَلَـٰٓئِكَةُ يَـٰمَرْيَمُ إِنَّ ٱللّٰهَ يُبَشِّرُكِ بِكَلِمَةٍ مِّنْهُ ٱسْمُهُ ٱلْمَسِيحُ عِيسَى ٱبْنُ مَرْيَمَ وَجِيهًا فِى ٱلدُّنْيَا وَٱلْأَخِرَةِ وَمِنَ ٱلْمُقَرَّبِينَ (٤٥) وَيُكَلِّمُ ٱلنَّاسَ فِى ٱلْمَهْدِ وَكَهْلًا وَمِنَ ٱلصَّـٰلِحِينَ (٤٦)

قَالَتْ رَبِّ أَنَّىٰ يَكُونُ لِى وَلَدٌ وَلَمْ يَمْسَسْنِى بَشَرٌ قَالَ كَذَٰلِكِ ٱللَّهُ يَخْلُقُ مَا يَشَاءُ إِذَا قَضَىٰ أَمْرًا فَإِنَّمَا يَقُولُ لَهُۥ كُن فَيَكُونُ (٤٧) وَيُعَلِّمُهُ ٱلْكِتَٰبَ وَٱلْحِكْمَةَ وَٱلتَّوْرَىٰةَ وَٱلْإِنجِيلَ (٤٨)

وَرَسُولًا إِلَىٰ بَنِى إِسْرَٰءِيلَ أَنِّى قَدْ جِئْتُكُم بِـَٔايَةٍ مِّن رَّبِّكُمْ أَنِّى أَخْلُقُ لَكُم مِّنَ ٱلطِّينِ كَهَيْـَٔةِ ٱلطَّيْرِ فَأَنفُخُ فِيهِ فَيَكُونُ طَيْرًا بِإِذْنِ ٱللَّهِ وَأُبْرِئُ ٱلْأَكْمَهَ وَٱلْأَبْرَصَ وَأُحْىِ ٱلْمَوْتَىٰ بِإِذْنِ ٱللَّهِ وَأُنَبِّئُكُم بِمَا تَأْكُلُونَ وَمَا تَدَّخِرُونَ فِى بُيُوتِكُمْ إِنَّ فِى ذَٰلِكَ لَآيَةً لَّكُمْ إِن كُنتُم مُّؤْمِنِينَ (٤٩)

aus der
Heiligen Schrift
nach Lukas ....

Lukas-Evangelium[20]

Kapitel 1

(Lukas betont im Voraus seine Absicht, wahrhaftigen Bericht zu geben von allen „Geschichten, die unter uns geschehen sind" und wie sie überliefert wurden.)

Die Ankündigung der Geburt Jesu[21]

Und im sechsten Monat wurde der Engel Gabriel von Gott gesandt in eine Stadt in Galiläa, die heißt Nazareth, zu einer Jungfrau, die vertraut war einem Mann mit Namen Josef vom Hause David; und die Jungfrau hieß Maria.
Und der Engel kam zu ihr hinein und sprach:

> Sei gegrüßt, du Begnadete!
> Der Herr ist mit dir!

Sie aber erschrak über die Rede und dachte:

> Welch ein Gruß ist das?

Und der Engel sprach zu ihr:

> Fürchte dich nicht, Maria, du hast Gnade bei Gott gefunden.
> Siehe, du wirst schwanger werden und einen Sohn gebären, und du sollst ihm den Namen Jesus geben.

---

[20] Nach der sog. Lutherbibel. Quelle: die-bibel.de.
[21] Lukas, Kapitel I, Vers 26-38

Der wird groß sein und Sohn des Höchsten genannt werden; und Gott der Herr wird ihm den Thron seines Vaters David geben, und er wird König sein über das Haus Jakob in Ewigkeit, und sein Reich wird kein Ende haben.

Da sprach Maria zu dem Engel:
>Wie soll das zugehen, da ich doch von keinem Mann weiß?

Der Engel antwortete und sprach zu ihr:
>Der Heilige Geist wird über dich kommen, und die Kraft des Höchsten wird dich überschatten; darum wird auch das Heilige, das geboren wird, Gottes Sohn genannt werden. Und siehe, Elisabeth, deine Verwandte, ist auch schwanger mit einem Sohn, in ihrem Alter, und ist jetzt im sechsten Monat, von der man sagt, dass sie unfruchtbar sei. Denn bei Gott ist kein Ding unmöglich.

Maria aber sprach:
>Siehe, ich bin des Herrn Magd; mir geschehe, wie du gesagt hast.

Und der Engel schied von ihr.

(Nun folgt die Ankündigung der Geburt des Johannes etc.)

Kapitel 2

Jesu Geburt[22]

Es begab sich aber zu der Zeit, dass ein Gebot von dem Kaiser Augustus ausging, dass alle Welt geschätzt würde.
Und diese Schätzung war die allererste und geschah zur Zeit, da Quirinius Statthalter in Syrien war.
Und jedermann ging, dass er sich schätzen ließe, ein jeder in seine Stadt.

Da machte sich auf auch Josef aus Galiläa, aus der Stadt Nazareth, in das jüdische Land zur Stadt Davids, die da heißt Bethlehem, weil er aus dem Hause und Geschlechte Davids war, damit er sich schätzen ließe mit Maria, seinem vertrauten Weibe; die war schwanger.

Und als sie dort waren, kam die Zeit, dass sie gebären sollte.
Und sie gebar ihren ersten Sohn und wickelte ihn in Windeln und legte ihn in eine Krippe; denn sie hatten sonst keinen Raum in der Herberge.

[22] Lukas, Kapitel II, Vers 1-21

Und es waren Hirten in derselben Gegend auf dem Felde bei den Hürden, die hüteten des Nachts ihre Herde.

Und der Engel des Herrn trat zu ihnen, und die Klarheit des Herrn leuchtete um sie; und sie fürchteten sich sehr.

Und der Engel sprach zu ihnen:

> Fürchtet euch nicht!
> Siehe, ich verkündige euch große Freude, die allem Volk widerfahren wird; denn euch ist heute der Heiland geboren, welcher ist Christus, der Herr, in der Stadt Davids.
> Und das habt zum Zeichen: Ihr werdet finden das Kind in Windeln gewickelt und in einer Krippe liegen.

Und alsbald war da bei dem Engel die Menge der himmlischen Heerscharen, die lobten Gott und sprachen:

> Ehre sei Gott in der Höhe und Friede auf Erden bei den Menschen seines Wohlgefallens.
> Ehre sei Gott in der Höhe und Friede auf Erden bei den Menschen seines Wohlgefallens.

Und als die Engel von ihnen gen Himmel fuhren, sprachen die Hirten untereinander:

> Lasst uns nun gehen nach Bethlehem und die Geschichte sehen, die da geschehen ist, die uns der Herr kundgetan hat.

Und sie kamen eilend und fanden beide, Maria und Josef, dazu das Kind in der Krippe liegen.

Als sie es aber gesehen hatten, breiteten sie das Wort aus, das zu ihnen von diesem Kinde gesagt war.
Und alle, vor die es kam, wunderten sich über das, was ihnen die Hirten gesagt hatten.
Maria aber behielt alle diese Worte und bewegte sie in ihrem Herzen.

Und die Hirten kehrten wieder um, priesen und lobten Gott für alles, was sie gehört und gesehen hatten, wie denn zu ihnen gesagt war.

Und als acht Tage um waren und man das Kind beschneiden musste, gab man ihm den Namen Jesus, wie er genannt war von dem Engel, ehe er im Mutterleib empfangen war.[23]

---

[23] Hiernach folgt in Kapitel III noch ein weiterer, von Matthäus unterschiedlicher Stammbaum Jesu Christi, der Jesus auf Adam bezieht.

إِنْجِيلُ الْمَسِيحِ حَسَبَ الْبَشِيرِ لُوقَا

....

إِنْجِيلُ اَلْمَسِيحِ حسب اَلْبَشِيرِ
١   لُوقَا

البِشَارَةِ بِمِيلَادِ يَسُوعَ

٢٦ وَفِي اَلشَّهْرِ اَلسَّادِسِ أُرْسِلَ جِبْرَائِيلُ اَلْمَلَاكُ مِنَ اَللهِ إِلَى مَدِينَةٍ مِنَ اَلْجَلِيلِ اِسْمُهَا نَاصِرَةُ ٢٧ إِلَى عَذْرَاءَ مَخْطُوبَةٍ لِرَجُلٍ مِنْ بَيْتِ دَاوُدَ اِسْمُهُ يُوسُفُ. وَاسْمُ اَلْعَذْرَاءِ مَرْيَمُ. ٢٨ فَدَخَلَ إِلَيْهَا اَلْمَلَاكُ وَقَالَ: «سَلَامٌ لَكِ أَيَّتُهَا اَلْمُنْعَمُ عَلَيْهَا! اَلرَّبُّ مَعَكِ. مُبَارَكَةٌ أَنْتِ فِي اَلنِّسَاءِ». ٢٩ فَلَمَّا رَأَتْهُ اَضْطَرَبَتْ مِنْ كَلَامِهِ وَفَكَّرَتْ مَا عَسَى أَنْ ٣٠ فَقَالَ لَهَا اَلْمَلَاكُ: «لَا

تَكُونَ هذِهِ اَلتَّحِيَّةُ!

تَخَافِي يَا مَرْيَمُ لِأَنَّكِ قَدْ وَجَدْتِ نِعْمَةً عِنْدَ اَللهِ. ٣١ وَهَا أَنْتِ سَتَحْبَلِينَ وَتَلِدِينَ اَبْنًا وَتُسَمِّينَهُ يَسُوعَ. ٣٢ هذَا يَكُونُ عَظِيمًا وَابْنَ اَلْعَلِيِّ يُدْعَى وَيُعْطِيهِ اَلرَّبُّ اَلْإِلهُ كُرْسِيَّ دَاوُدَ أَبِيهِ ٣٣ وَيَمْلِكُ عَلَى بَيْتِ يَعْقُوبَ إِلَى اَلْأَبَدِ وَلَا يَكُونُ لِمُلْكِهِ نِهَايَةٌ».

³⁴فَقَالَتْ مَرْيَمُ لِلْمَلَاكِ: «كَيْفَ يَكُونُ هذَا وَأَنَا لَسْتُ أَعْرِفُ رَجُلاً؟» ³⁵فَأَجَابَ الْمَلَاكُ وَقَالَ لَهَا: «الرُّوحُ الْقُدُسُ يَحِلُّ عَلَيْكِ وَقُوَّةُ الْعَلِيِّ تُظَلِّلُكِ فَلِذلِكَ أَيْضاً الْقُدُّوسُ الْمَوْلُودُ مِنْكِ يُدْعَى ابْنَ اللهِ. ³⁶وَهُوَذَا أَلِيصَابَاتُ نَسِيبَتُكِ هِيَ أَيْضاً

حُبْلَى بِابْنٍ فِي شَيْخُوخَتِهَا وَهذَا هُوَ الشَّهْرُ السَّادِسُ لِتِلْكَ الْمَدْعُوَّةِ عَاقِراً ³⁷لأَنَّهُ لَيْسَ شَيْءٌ غَيْرَ مُمْكِنٍ لَدَى اللهِ».

³⁸فَقَالَتْ مَرْيَمُ: «هُوَذَا أَنَا أَمَةُ الرَّبِّ. لِيَكُنْ لِي كَقَوْلِكَ». فَمَضَى مِنْ عِنْدِهَا الْمَلَاكُ.

ميلاد يسوع المسيح

٢ ‏١ وَفِي تِلْكَ ٱلْأَيَّامِ صَدَرَ أَمْرٌ مِنْ أُوغُسْطُسَ قَيْصَرَ بِأَنْ يُكْتَتَبَ كُلُّ ٱلْمَسْكُونَةِ. ٢ وَهَذَا ٱلِٱكْتِتَابُ ٱلْأَوَّلُ جَرَى إِذْ كَانَ كِيرِينِيُوسُ وَالِيَ سُورِيَّةَ. ٣ فَذَهَبَ ٱلْجَمِيعُ لِيُكْتَتَبُوا كُلُّ وَاحِدٍ إِلَى مَدِينَتِهِ. ٤ فَصَعِدَ يُوسُفُ أَيْضاً مِنَ ٱلْجَلِيلِ مِنْ مَدِينَةِ ٱلنَّاصِرَةِ إِلَى

ٱلْيَهُودِيَّةِ إِلَى مَدِينَةِ دَاوُدَ ٱلَّتِي تُدْعَى بَيْتَ لَحْمٍ لِكَوْنِهِ مِنْ بَيْتِ دَاوُدَ وَعَشِيرَتِهِ ٥ لِيُكْتَتَبَ مَعَ مَرْيَمَ ٱمْرَأَتِهِ ٱلْمَخْطُوبَةِ وَهِيَ حُبْلَى. ٦ وَبَيْنَمَا هُمَا هُنَاكَ تَمَّتْ أَيَّامُهَا لِتَلِدَ. ٧ فَوَلَدَتِ ٱبْنَهَا ٱلْبِكْرَ وَقَمَّطَتْهُ وَأَضْجَعَتْهُ فِي ٱلْمِذْوَدِ إِذْ لَمْ يَكُنْ لَهُمَا مَوْضِعٌ فِي ٱلْمَنْزِلِ.

الرعاة والملائكة

⁸ وَكَانَ فِي تِلْكَ ٱلْكُورَةِ رُعَاةٌ مُتَبَدِّينَ يَحْرُسُونَ حِرَاسَاتِ ٱللَّيْلِ عَلَى رَعِيَّتِهِمْ ⁹ وَإِذَا مَلَاكُ ٱلرَّبِّ وَقَفَ بِهِمْ وَمَجْدُ ٱلرَّبِّ أَضَاءَ حَوْلَهُمْ فَخَافُوا خَوْفًا عَظِيمًا. ¹⁰ فَقَالَ لَهُمُ ٱلْمَلَاكُ: «لَا تَخَافُوا. فَهَا أَنَا أُبَشِّرُكُمْ بِفَرَحٍ عَظِيمٍ يَكُونُ لِجَمِيعِ ٱلشَّعْبِ: ¹¹ أَنَّهُ وُلِدَ لَكُمُ ٱلْيَوْمَ فِي مَدِينَةِ دَاوُدَ مُخَلِّصٌ هُوَ ٱلْمَسِيحُ ٱلرَّبُّ. ¹² وَهذِهِ لَكُمُ ٱلْعَلَامَةُ: تَجِدُونَ طِفْلًا مُقَمَّطًا مُضْجَعًا فِي مِذْوَدٍ». ¹³ وَظَهَرَ بَغْتَةً مَعَ ٱلْمَلَاكِ جُمْهُورٌ مِنَ ٱلْجُنْدِ ٱلسَّمَاوِيِّ مُسَبِّحِينَ ٱللهَ وَقَائِلِينَ: ¹⁴ «ٱلْمَجْدُ لِلَّهِ فِي ٱلْأَعَالِي وَعَلَى ٱلْأَرْضِ ٱلسَّلَامُ وَبِالنَّاسِ ٱلْمَسَرَّةُ».

¹⁵ ولمّا مضتْ عنهُمْ اَلْملائكةُ إلى اَلسَّماءِ قال الرِّجالُ اَلرُّعاةُ بعْضُهُمْ لبعْضٍ: «لنذْهبِ اَلآنَ إلى بيْتِ لحْمٍ وننْظُرْ هذا اَلأمْرَ اَلْواقِع اَلذي أعْلمنا بهِ اَلرّبُّ».

¹⁶ فجاءُوا مُسْرِعينَ ووجدُوا مرْيمَ ويُوسُفَ واَلطِّفْلَ مُضْجعا فِي اَلْمذْودِ. ¹⁷ فلمّا رأوْهُ أخْبرُوا بالْكلامِ اَلذِي قيلَ لهُمْ عنْ هذا اَلصَّبيِّ. ¹⁸ وكُلُّ اَلذِينَ سمعُوا تعجَّبُوا مِمّا قيلَ لهُمْ مِنَ اَلرُّعاةِ. ¹⁹ وأمّا مرْيمُ فكانتْ تحْفظُ جميعَ هذا اَلْكلامِ مُتفكِّرة بهِ فِي قلْبِها. ²⁰ ثمَّ رجعَ اَلرُّعاةُ وهُمْ يُمجِّدُونَ اَللهَ ويُسبِّحُونهُ على كُلّ ما سمعُوهُ ورأوْهُ كما قيلَ لهُمْ.

²¹ وَلَمَّا تَمَّتْ ثَمَانِيَةُ أَيَّامٍ لِيَخْتِنُوا الصَّبِيَّ سُمِّيَ يَسُوعَ كَمَا تَسَمَّى مِنَ الْمَلَاكِ قَبْلَ أَنْ حُبِلَ بِهِ فِي الْبَطْنِ.

²² وَلَمَّا تَمَّتْ أَيَّامُ تَطْهِيرِهَا حَسَبَ شَرِيعَةِ مُوسَى صَعِدُوا بِهِ إِلَى أُورُشَلِيمَ لِيُقَدِّمُوهُ لِلرَّبِّ ²³ كَمَا هُوَ مَكْتُوبٌ فِي نَامُوسِ الرَّبِّ: أَنَّ كُلَّ ذَكَرٍ فَاتِحِ رَحِمٍ ²⁴ وَلِكَيْ يُقَدِّمُوا

60

*nach dem
edlen Koran ....*

Sure 19: **Maryam** / Maria[24]

Im Namen Allahs, des Allerbarmers, des Barmherzigen!

(Es wird u.a. die Vorgeschichte von Zacharias und Johannes, dem Täufer berichtet.)

Und gedenke im Buch Marias, als sie sich von ihren Angehörigen an einen östlichen Ort zurückzog. Sie nahm sich einen Vorhang vor ihnen.

Da sandten Wir Unseren Geist zu ihr. Er stellte sich ihr als wohlgestaltetes menschliches Wesen dar.

Sie sagte: „Ich suche beim Allerbarmer Schutz vor dir, wenn du gottesfürchtig bist."
Er sagte: „Ich bin nur der Gesandte deines Herrn, um dir einen lauteren Jungen zu schenken."
Sie sagte: „Wie soll mir ein Junge gegeben werden, wo mich doch kein menschliches Wesen berührt hat und ich keine Hure bin."

Er sagte: „So wird es sein. Dein Herr sagt: ,Das ist Mir ein leichtes, und damit Wir ihn zu einem Zeichen für die Menschen und zu einer Barmherzigkeit von Uns machen'. Und es ist eine beschlossene Angelegenheit."

[24] Sure 19, Vers 16-34

So empfing sie ihn und zog sich mit ihm zu einem fernen Ort zurück.

Die Wehen ließen sie zum Palmenstamm gehen. Sie sagte:
„O wäre ich doch zuvor gestorben und ganz und gar in Vergessenheit geraten!"
Da rief er ihr von unten her zu: „Sei nicht traurig; dein Herr hat ja unter dir ein Bächlein geschaffen.
Und schüttle zu dir den Palmenstamm, so läßt er frische, reife Datteln auf dich herabfallen. So iß und trink und sei frohen Mutes.

Und wenn du nun jemanden von den Menschen sehen solltest, dann sag: Ich habe dem Allerbarmer Fasten gelobt, so werde ich heute mit keinem Menschenwesen sprechen."

Dann kam sie mit ihm zu ihrem Volk, ihn mit sich tragend.

Sie sagten: „O Maria, du hast da ja etwas Unerhörtes begangen. O Schwester Aarons,[25] dein Vater war doch kein sündiger Mann, noch war deine Mutter eine Hure."

---

[25] auf arabisch *Harun*; zu Verwandschaftszuschreibungen Maryams im Koran siehe den Text „Schwester Aarons" auch unter http://cornelia-stella-gliem.jimdo.com .

Da zeigte sie auf Jesus.

Das Volk sagte: „Wie können wir mit jemandem sprechen, der noch ein Kind in der Wiege ist?"

Jesus sagte:

„Ich bin wahrlich Allahs Diener; Er hat mir die Schrift gegeben und mich zu einem Propheten gemacht.

Und gesegnet hat Er mich gemacht, wo immer ich bin, und angeordnet hat Er mir, das Gebet zu verrichten und die Abgabe zu entrichten, solange ich lebe, und gütig gegen meine Mutter zu sein.

Und Er hat mich weder gewalttätig noch unglücklich gemacht.

Und der Friede sei auf mir am Tag, da ich geboren wurde, und am Tag, da ich sterbe, und am Tag da ich wieder zum Leben auferweckt werde."

Das ist Jesus, Sohn der Maria: Es ist das Wort der Wahrheit, woran sie zweifeln.

سُورَةُ مَرْيَمَ

بِسْمِ ٱللَّهِ ٱلرَّحْمَـٰنِ ٱلرَّحِيمِ

وَٱذْكُرْ فِى ٱلْكِتَـٰبِ مَرْيَمَ إِذِ ٱنتَبَذَتْ مِنْ
أَهْلِهَا مَكَانًا شَرْقِيًّا (١٦) فَٱتَّخَذَتْ مِن
دُونِهِمْ حِجَابًا فَأَرْسَلْنَا إِلَيْهَا رُوحَنَا فَتَمَثَّلَ
لَهَا بَشَرًا سَوِيًّا (١٧)

قَالَتْ إِنِّىٓ أَعُوذُ بِٱلرَّحْمَـٰنِ مِنكَ إِن كُنتَ
تَقِيًّا (١٨) قَالَ إِنَّمَآ أَنَا۠ رَسُولُ رَبِّكِ لِأَهَبَ
لَكِ غُلَـٰمًا زَكِيًّا (١٩) قَالَتْ أَنَّىٰ يَكُونُ
لِى غُلَـٰمٌ وَلَمْ يَمْسَسْنِى بَشَرٌ وَلَمْ أَكُ
بَغِيًّا (٢٠)

قَالَ كَذَٰلِكِ قَالَ رَبُّكِ هُوَ عَلَىَّ هَيِّنٌ ۖ وَلِنَجْعَلَهُۥٓ ءَايَةً لِّلنَّاسِ وَرَحْمَةً مِّنَّا ۚ وَكَانَ أَمْرًا مَّقْضِيًّا ۝ (٢١) فَحَمَلَتْهُ فَٱنتَبَذَتْ بِهِۦ مَكَانًا قَصِيًّا (٢٢)

فَأَجَآءَهَا ٱلْمَخَاضُ إِلَىٰ جِذْعِ ٱلنَّخْلَةِ قَالَتْ يَٰلَيْتَنِى مِتُّ قَبْلَ هَٰذَا وَكُنتُ نَسْيًا مَّنسِيًّا (٢٣) فَنَادَىٰهَا مِن تَحْتِهَآ أَلَّا تَحْزَنِى قَدْ جَعَلَ رَبُّكِ تَحْتَكِ سَرِيًّا (٢٤)

وَهُزِّيٓ إِلَيْكِ بِجِذْعِ ٱلنَّخْلَةِ تُسَٰقِطْ عَلَيْكِ
رُطَبًا جَنِيًّا (٢٥) فَكُلِى وَٱشْرَبِى وَقَرِّى
عَيْنًا ۖ فَإِمَّا تَرَيِنَّ مِنَ ٱلْبَشَرِ أَحَدًا فَقُولِىٓ
إِنِّى نَذَرْتُ لِلرَّحْمَٰنِ صَوْمًا فَلَنْ أُكَلِّمَ
ٱلْيَوْمَ إِنسِيًّا (٢٦)

فَأَتَتْ بِهِۦ قَوْمَهَا تَحْمِلُهُۥ ۖ قَالُوا۟ يَٰمَرْيَمُ لَقَدْ
جِئْتِ شَيْـًٔا فَرِيًّا (٢٧) يَٰٓأُخْتَ هَٰرُونَ مَا
كَانَ أَبُوكِ ٱمْرَأَ سَوْءٍ وَمَا كَانَتْ أُمُّكِ بَغِيًّا
(٢٨)

فَأَشَارَتْ إِلَيْهِ قَالُوا كَيْفَ نُكَلِّمُ مَن كَانَ

فِى ٱلْمَهْدِ صَبِيًّا (٢٩) قَالَ إِنِّى عَبْدُ ٱللّٰهِ

ءَاتَىٰنِىَ ٱلْكِتَٰبَ وَجَعَلَنِى نَبِيًّا (٣٠)

وَجَعَلَنِى مُبَارَكًا أَيْنَ مَا كُنتُ وَأَوْصَىٰنِى

بِٱلصَّلَوٰةِ وَٱلزَّكَوٰةِ مَا دُمْتُ حَيًّا (٣١) وَبَرًّا

بِوَٰلِدَتِى وَلَمْ يَجْعَلْنِى جَبَّارًا شَقِيًّا (٣٢)

وَٱلسَّلَٰمُ عَلَىَّ يَوْمَ وُلِدتُّ وَيَوْمَ أَمُوتُ

وَيَوْمَ أُبْعَثُ حَيًّا (٣٣)

ذَٰلِكَ عِيسَى ٱبْنُ مَرْيَمَ قَوْلَ ٱلْحَقِّ ٱلَّذِى

فِيهِ يَمْتَرُونَ (٣٤)

das letzte Wort ?....

Das letzte Wort ...

„Am Anfang war das Wort"[26] – und so soll entsprechend die Sure al-'Imran das letzte, das *gemeinsame Wort* haben:

> „O Leute der Schrift, kommt her zu einem zwischen uns und euch gemeinsamen / gleichen Wort."[27]
>
> „Und wenn Gott gewollt hätte, hätte Er euch zu einer *einzigen* Gemeinde gemacht. Er wollte euch aber in alledem, was Er euch gegeben hat, auf die Probe stellen. Darum sollt ihr um die guten Dinge wetteifern."[28]

Vielen Dank.

---

[26] Der Evangelist Johannes hat zur Geburt Jesu keine *konkreten* Gedanken schriftlich niedergelegt (Kapitel I, Vers 1-14): (...) und das Wort war bei Gott, und Gott war das Wort. Und das Wort ward Fleisch und wohnte unter uns". Vgl. Sure 4, 172.

[27] Sure 3, 64, vgl. Sure 2, 136. Das „gemeinsame Wort" ist Titel einer Erklärung von 138 islamischen Würdenträgern (aus Ägypten, Syrien, Iran, Irak, USA, Türkei, Bosnien etc.), die sich 2007 öffentlich an die christliche Welt wandten, um für den Frieden die zwei höchsten Gebote von Bibel und Koran als Gesprächsbasis für Christen, Moslems (und Juden) feststellten: den einzigen Gott und seinen Nächsten lieben (dabei wurde ausdrücklich auch aus der Bibel zitiert), siehe hier: www.acommonword.com.

[28] Sure Al-Ma'idah 5,48

Anhang

Zu den Quellen:

Der Matthäus-Text beruht auf der sog. Einheitsübersetzung der *Bibel*, die katholische und evangelische Kirchen in Deutschland gemeinsam erarbeitet haben.

Die in diesem Buch gewählte *Lukas*-Version entnehme ich dennoch der Lutherbibel, da diese Formulierungen trotz ihres etwas antiquaren Charakters die bekanntere darstellt und sie zudem für deutsche Christen *beider* Konfessionen maßgeblich und sprachprägend war.[29]

Beim Text der Suren beziehe ich mich auf die *Koran*-Übersetzung von Scheich Abdullah As-Samit (F. Bubenheim) und Dr. Nadeem Elyas, die u.a. der Zentralrat der Muslime in Deutschland zur Verfügung stellt.[30]

Ich möchte Herrn Kahraman Patan, Imam der Kasseler *Hoca-Ahmet-Yesevi*-Moschee, Herrn Dr. Selcuk Degruer und Herrn Aziz Saad für ihre Hilfe bei den arabischen Texten danken. Alle eventuell noch vorhandenen Fehler gehen allein zu meinen Lasten.[31]

---

[29] Philologisch eindeutiger ist die sog. Eibersfelder Übersetzung von 1991. Wer's gern moderner mag, dem sei die „Gute Hoffnung"-Version der Bibel empfohlen. Quelle: www.Die-Bibel.de. Die Bibel auf arabisch u.a. hier : www.arabicbible.com.

[30] www.zentralrat.de bzw. http:islam.de. Weiteres: Quellen-Anhang.

[31] Und so bin ich froh über jeden diesbezüglichen Hinweis!

Quellenverzeichnis

Bibel-Quellen
www.die-bibel.de
www.bibelseiten.de.

Bibel auf arabisch
www.arabicbible.com
www.arabic-
club.com/deutsch/html/arabische_bibel.html

auch in anderen Sprachen
www.biblegateway.com

Koran-Quellen
http://islam.de
www.quranexplorer.com/quran/
http://quran.al-islam.com
www.igmg.de/service/der-koran-al-qur-an-al-
karim.html
http://dawah.de/quran_mit_lautschrift/sure_3.ht
m
http://dawah.de/quran_mit_lautschrift/sure_19.ht
m

*gescannter, sehr schöner Koran in Arabisch, mit
deutschen Erläuterungen*
www.scribd.com/doc/13852636/Der-Koran-
Arabisch-Deutsch-Max-Henning-Murad-W-
Hofmann-teil-1

Koran in arabischer Transliteration
www.eslam.de/begriffe/t/transliteration_des_qur
an.htm

Zentralrat der Muslime in Deutschland
www.zentralrat.de / http://.islam.de

„Das Gemeinsame Wort". Erklärung der 138.
http://ar.acommonworld.com (auf Arabisch)
www.acommonword.com (auf Englisch)
www.acommonword.com/lib/downloads/gemein
sames_wort.pdf (auf Deutsch)

www.muslimsandchristians.net

Weiterführendes
Mehdi Bzargan: *Und Jesus ist ein Prophet*. Der
Koran und die Christen. Aus dem persischen.
Hg. von Navid Kermani. Beck Verlag, München
2006

Tarif Khalidi: *Der muslimische Jesus*.
Aussprüche in der Arabischen Literatur aus dem
Englischen. Patmos, Düsseldorf 2002

Karl-Josef Kuschel: Weihnachten und der Koran.
Patmos-Verlag, Mannheim 2008

Zitat auf Seite 6: Schalom Ben-Chorin, Journalist
und Religionswissenschaftler

Anderes:
www.hagalil.com
www.wikipedia.de

http://cornelia-stella-gliem.jimdo.com

Cornelia S. Gliem
im Bod-Verlag

Reihe LiteraturWissenschaft

Band 1
Die Simpsons als Kunst. Wie aus einer
Fernsehserie Literatur wird. Tafelsprüche als
Textsorte
ISBN 978-3-842-312-463

Reihe Lyrik

Band 1
Zauberwelten
ISBN 978-3-898-118-897

Reihe KurzProsa

Band 1
Schlangensprüche. Kryptae. Kleine Weisheiten
ISBN 978-3-842-313-132

Reihe klassiker angerichtet

Band 1
Faust, Tod und Teufel. JoWoGs UrFaust.
ISBN 978-3-8391-8111-9

Weitere Bände in Vorbereitung

http://cornelia-stella-gliem.jimdo.com